中国诗人

许春夏

—著—

DUI● YONG●
对 用

HUA● FANG●
话 方

YAN●
言

YU●
与

MAI●
麦

ZI●
子

北方联合出版传媒（集团）股份有限公司

春风文艺出版社

·沈 阳·

图书在版编目（CIP）数据

用方言与麦子对话／许春夏著.—沈阳：春风文艺出版社，2019.12（2021.1重印）

（中国诗人）

ISBN 978 - 7 - 5313 - 5684 - 4

Ⅰ.①用… Ⅱ.①许… Ⅲ.①诗集—中国—当代 Ⅳ.①I227

中国版本图书馆CIP数据核字（2019）第244746号

北方联合出版传媒（集团）股份有限公司

春风文艺出版社出版发行

http://www.chunfengwenyi.com

沈阳市和平区十一纬路25号　邮编：110003

永清县晔盛亚胶印有限公司印刷

责任编辑：韩　喆		责任校对：陈　杰	
装帧设计：琥珀视觉		幅面尺寸：125mm × 195mm	
印　　张：6.5		字　　数：100千字	
版　　次：2019年12月第1版		印　　次：2021年1月第2次	
书　　号：ISBN 978-7-5313-5684-4			
定　　价：32.00元			

序　一

"我喜欢美好事物的睡姿"

里尔克《安魂曲》中的一句话常被引用："生活与伟大的作品之间/总存在某种古老的敌意。""古老的敌意"这一词组，也被北岛用作散文集的书名。在此，伟大作品与我们的生活，呈现为对抗、紧张甚至水火不容的关系。但是，所谓"古老的敌意"，是否也是一种"古老的偏见"？至少在许春夏这里，可能是。

在许春夏这里，虽然生活与作品也时有紧张，但整体说来，更多是非敌意的，或者说非敌意是他想要达到的境界。在《野蕉芋花》中，他做了明确表达："根据它的这点趣性/我把日子过得毫无敌意。"许春夏是与生活达成和解的诗人。他把美作为诗歌的终极和根底，以至"野草与落花，都是我的高朋"。我猜测，他的性格不是峻急的、剑拔弩张的，而是温和的、平易的、太极式的、清茶般的。他不是一位愤世嫉俗、牢骚满腹的断肠型诗人，而是一位深谙享受之道、沉浸生活之趣的逸乐型诗人，是一位谦卑、知足、感恩的温情诗人。而这幅精神肖像的形成，无疑与他简朴的乡村生活有关，与他受亲人们的言传身教有关，甚至也与一山一水、一草一木有关。所以他说："我的朗诵不仅来自朗读本身/已经系着家乡的一草一木。"是这个进入许春夏生命的原乡整体，形塑着他。

"这个地方让我知足。"乡土可以说是许春夏的精神原点。他从那里出发，并把它当作校正自我的尺度，以确保自己行走在一条正道上、一个规矩内，避免歧出与违背。所以我们很容易看到，他一再书写那已经消逝的时光。当然也必须注意，尽管是作为整体的原乡形塑了许春夏，但对原乡的书写，却只能通过一个个局部、一个个细节。所以，在他的诗歌中，那样的时光总是耐心地分散为一个个片段，或是一位人物，或是一个行为，或是一个动作，或是一处风景，或是一个地点，或是一种感觉……这些已经离他有些遥远的人、事、物，依然是他内心无法抹去的一道道刻痕，是他心灵世界里一个个可以与人分享的秘密。某种程度可以说，许春夏有点像普鲁斯特，沉浸于重建那已逝时光的整体。无论这样的行为对他人是否构成意义，但对作者本人却是最高的意义。

许春夏的《山沟沟》是一首朴素的诗。其中他写道："我想成为这个山沟的奴隶/以自己辛苦的劳作/赞美那个汲水的姿势/把野花当微信群发/肩驮着石磨/就不是世人常见的折磨。"那"汲水的姿势"，无疑对年轻一代已经陌生，他们多半只能在电影中看到。但这样的姿势，许春夏永远也忘怀不了。那可能是一位逝去亲人的姿势，定格了，永不磨灭。那"汲水的姿势"，既是一个小小的细部，又是一个电影的特写镜头。它是一个微观与放大的结合。这种小大之辨，正是许春夏诗歌一个迷人的地方。《捡不回的爱》同样是朴素之诗。如果写得花哨，许春夏便背叛了那原乡的朴素性。抵达、重建那存在之家，诗人唯有通过朴素之笔。《捡不回的爱》写的是祖母捡稻谷，让人很容易联想到米勒的名画《拾穗者》。而祖母捡稻谷，其实如同那"汲水的姿势"，又是一个于"我"永恒的定格，构成"我"一生的财富和教益。"祖父的目光住在我的心里""让我的初心不再被打乱"等诗句，无不从多个角度体现了这种来自原乡的教益。许春夏可以说带着"祖父的目光"、带着"初心"，当然也就是带着这样的教益，堂堂正正行走在漫漫的人生之途。《野蕉芋花》一诗还有这样一个细节："外婆家的野蕉芋花/摘一朵，花蕊就有甜蜜一滴/我以大半生的实践证明/这是一句最美的证婚词。"久违了，这样的场景。对今天生在城市、长在城市的人，他认识野蕉芋花吗？又怎么知道野蕉芋花那花蕊甜蜜的一滴呢？他可能会以为这不过是想象。原乡的确构成了许春夏从始至终的教育学，既是一种人格教育，也是一种审美教育。在这里，他学会了如何观看世界、理解世界，学会了如何与世界、与他人相处。

可以注意到，在许春夏诗歌中，"赞美""感恩"

"喜欢""谦卑""亲人"等带着美德属性的词汇常常出现。对一些人而言，这样的词汇表，如果不是需要宣判死刑，也会被视为心灵鸡汤，但对许春夏却不是这样。对他而言，它们是朴素的真理、做人的标准，需要一生坚守和奉行。而对于那种反面，他是质疑的。所以在《轮渡》中，他对人们时常抱怨的态度发出质问："我们为什么还是充满怨言？"

我在编《南京我们的诗》时，选入过许春夏几首诗。其中，《一块冻醒的骨头》给我印象最深。许春夏写了很多诗，是一位勤奋高产的诗人。甚至这勤奋高产，实际也与他的乡村经历有关。农人要生存、要丰收，总是来不得半点懈怠和虚假，必须勤勤恳恳、老老实实劳作在大地上。如果许春夏疏于写作，某种程度便是懒惰，当然也就是对原乡精神的背离。荒废写作，某种程度便是荒废劳作、荒废田园。而相对于他的诗歌全体，我读过的还很有限，但我觉得《一块冻醒的骨头》是他的一篇代表作，也知道为他格外珍视。这首诗代表着诗人的人生哲学、诗歌美学。其中他写道"我喜欢美好事物的睡姿""昨晚俯身亲吻/从骨髓渗出的还是午后的暖阳"。世事当然有艰难之时，有不堪之处，有黑暗，但许春夏却不愿让目光淹留于此。他要穿过它，去亲吻那"午后的暖阳"。很显然，许春夏相信"午后的暖阳"才是生命的底色，"午后的暖阳"才是人生值得一过的理由。这当然也可以给读者带来积极的人生启示。

马号街

马号街，原名刘德胜，青年诗人，文学博士，长沙大学讲师。

序　二

生命里有一位诗人朋友是一件很奇妙也很幸福的事情，尤其是他还是你的同乡故人。

东阳是一座位于浙江中部的省级历史文化名城，素有"婺之望县""歌山画水"之美称，被誉为"教育之乡""建筑之乡""工艺美术之乡""文化影视名城"。自古形成的"兴学重教、勤耕苦读"传统，孕育出了众多的杰出人才。早在1989年，新华社就播发了一篇题为《百名博士汇一市　千位教授同故乡》的通讯，并被刊登在《人民日报》一版的显著位置，东阳作为"中国教授市"的美誉从此传遍大江南北。我的朋友许春夏就是从这片文化热土上走出来的诗人。

许春夏创作的诗歌植根于故乡。故乡是山，故乡是水，故乡是乡愁，但在今天，太多人的故乡已经成为纸上的符号，成为脑海中的久远记忆。在经济快速发展、社会急剧变革的时代，我们的故乡还能"望得见山、看得见水、记得住乡愁"吗？这是当下许多人面临的共同困惑。

诗人许春夏一直努力在用他的笔留下自己的故乡，并用他的诗唤醒和强化着如我这样无数同乡故人的乡愁。他依然记得"村口的古桥"，依然怀念那个"已经一百岁了的外婆"，他在自己的内心深处开辟出一片属于心灵的麦地——在那里，他优美的吟唱婉转悠扬，他孤独的思考熠熠闪光。可以想象这样一幅画面：久居繁华大都市的诗人，面对着车水马龙和霓虹闪烁，就在一个个日落后的黄昏，隐身街角，独自体味着现实中的喧哗与想象中的壮丽，这就是许春夏。

生活在喧嚣里，我们不仅需要乡情乡愁，更需要站立在泥土里仰望蓝天。诗人许春夏通过自己的写作，不仅保存了自己心中的山水人情故乡，而且保存了文化中国的精彩片段。

在同乡诗人的又一本诗集即将出版之际，写下寥寥数语，是以为序。

杜飞进

2019 年 9 月　北京

目　录
CONTENTS

新湖畔

目 录
CONTENTS

万物都是亲人

目　　录
CONTENTS

新上国呦鸣

目 录
CONTENTS

目 录
CONTENTS

白洋淀印象

目　录

目　　录
CONTENTS

枯荷

目　　录
CONTENTS

互常之常

目　　录
CONTENTS

目　　录
CONTENTS

萧萧落木与不绝江河

绿道上

目　　录
CONTENTS

目 录
CONTENTS

星光避开光芒的搜捕

目　录
CONTENTS

新　湖　畔

大半生最美好的事

就是成了湖畔的一株梧桐

自己喜欢上了自己

这是真正的成功

——摘自《新湖畔》

湖畔居喝茶

雨后初霁
天空垂下根须
断桥无数
花伞浮游

这片片莲叶
于湖上更多
它撑着
飞鸟的幸福
和光芒的本质

飞　絮

四月飞絮

雪的后裔

它的降临

是天在分发忧伤

天　眼

垂下眼皮
把疲惫翻出来晒晒暖阳
一粒一粒积攒春光
终至金沙成滩

以前我看世界充满虚无
现在天眼看我无限可爱
我们和解了一回
竹林之旁，轻歌曼舞

豆 荚

走出灵隐，一阵钟声响起
我自觉地双手合一，包括双脚
一块豆荚地，也是如此
钟声结成了豆花
悲喜作为圆满，含在心里

雪 之 眼

茫茫雪原

一个个遮不住的窗口

我爱雪，我更爱

这眼睛一样的露出

这样的亲切，让我确定

没雪的日子，我没有白活

这些杀不死的童话

可以解释，我为什么不肯错过每一场雪

雪原只留下了一些些雪块

在我的眼里，也是碑石的柔美

炒　栗

面湖最容易说出肺腑之言
走了三两步，就立誓要在这里居住
包括咳嗽声，都是以桨橹发音
我们这些一闪而过的人
正被小贩炒成一锅沙浪中的栗子
飘来的香，来自我们喜欢的尘世

光 芒

天上出现万丈光芒

散步的人

顿觉脸上都有光

闪电并不是来制造

骇人听闻的事件的

而是要酝酿新的喜剧

我记忆里翻出小学时的课本

有这么一句

跟着太阳走，这是多么正确的事情

礼　赞

我看起来像个舵手
窗外纷扬的骨屑越积越厚
眼睛的电光与雪相撞
照样有火石的质感
我们就此创造了一个奇迹
一个新意义上的狂欢

所有的雪，都有归宿
积极的部分是湖光在祝福
它们最容易成为童话
雪在外，炉在内
每叫一声冷暖都是礼赞

一块冻醒的骨头

冻醒
我一块露出的骨头
像宝石山上的被子
遮不住岩石

以前不懂
现在知道这是带伤生存
可我还是不愿改变
我喜欢美好事物的睡姿
还是希望这块骨头的硬度
死守自己的灵魂

昨晚俯身轻吻
从骨髓渗出的还是午后的暖阳

惊　蛰

雷声响时
我背起了唐诗

自觉慢慢藏进水里
听听有没有动了胎气
看看水下的植物
有没有核动力

知道会惊天动地
我才学会了抚耳逃离
我进入死的深处
一边祷告，一边畏惧

山中喜遇白鹤

山以无数种理由

拥立白鹤为美神

伫立，不语

我不敢摇动内心

距离有多近

都难有狂喜的触摸

这样的相遇还是第一次

并知道它来自哪里

我挪了几步

想让山风呼它跟我回家

它却翅膀缓缓张开

一副温暖的胸襟

这个双肩下垂的亲人

没有我想象的那种孤单

这是我春天里的一次胜利

我们没有相谈甚欢

却也捡到了一根它遗落的羽翎

正好我可以为气喘开个良方

暑　日

一团团火焰从湖底喷出
这是我对莲蓬的幻觉，湖畔居内
我全身面对一团炉火，火苗隐忍

不要侧身看它，甚至说它是钟摆
一阵无聊，空调的滴水
听起来更有时间感，更判定是雨声

大暑之日，人如戴罪
隔着一层湖水挤压而成的玻璃，纵有蕙的风
吹拂状也已如同记忆

没有终点，也就没有了坟墓之虞
湖底的誓言桐绒一样吹起，但何为不朽
恐怕闪电都只会作秀描眉

湖上的舟横

湖上的舟横，冲动在诗里
它们散乱在一起，不是颠沛流离
因了一句诗里的雨声
我看见西湖就会满心委屈
以湖岸为肥瘦，注定一生苦厄

船头掬起清水一把，治愈肩胛
我由此看清，浪尖的不可知
光芒中的跳跃，秘密已被我破识
这些舟横正是我的神句

西湖的鱼

想让湖水再放下身段，包括臃肿
这样可以像祖父一样弯腰，抓着芦苇
我看见湖里的那个人成了后人
我看见我摘取的人世除了罪恶，还可穿透
湖里的鱼，我总抓不住，手感却很强烈

万物都是亲人

门外的雨

悄声打进虚掩的帘

以这样的方式

提醒冷暖

一次次雨后

我们成为亲人

　　　　　——摘自《亲人》

看万物都是亲人

早起，出门
我惊动的声音
已有了祖父的年纪
走向田野，来到湖畔
脚音懂得了自我喃喃

不企望天鹅一样翻山
昨晚归来的路
早上走走刚好
阔心面对的湖面
扬尽的仿佛真是一个梦

温度慢慢升起
是脚步从量变到质变
看万物都是亲人
禅定，眺望
这恰好给影子融入灵魂
从圣人到达圣人

山顶的白

指着北高峰的白欢呼

这古老的雪

让我心里暖暖的

就像一个人

费解见面次数不多的留存

想象里有

常常也是有风

叶子砸了一地

而它,像飞絮,又像词语

更像昨夜

梦的垂询

留下的踪迹

火 柴 盒

把一根烧焦的火柴放回盒内
接着又让一个烟蒂相陪
这样的别离没有忧伤
我以此热爱着生活

这些年我就喜欢干这一件事
是为了证实
分离仅仅是一个习惯动作

我懂得向一些高尚的植物低头

棕榈树的独尊
在于一辈子脚绑绷带手持斯巴达之剑
你说它雄起给你看吧
它还会呈现出一副昂首迎起太阳的神情

我就此懂得该向一些高尚的植物低头
如同一次次剥开它蓬松的外表
心思是何等有序
我想在车水马龙中静下来
我想在山脉的逶迤中飞起来
好像都需要先踩醒它的影子

这也让我明白我为什么支持到月球背面去探坑
我的这个理想
奉它的秘密为王

荷叶的风采

荷叶的风采

不能仅仅依靠荷花去判断

我们只知道，它夏天的性情

不知道秋冬可成书卷

就像天空，刚才还是荷叶的蓝

瞬间已是看不清花的灰蒙

在它们的变幻里，却都有

一个适时和永恒的真理

那对它们的匆匆一瞥

闪光的一定不是死亡的暗喻

花照样开着，是深藏进了梦中

波 光

荷花与秋风的拥抱
是桐绒膜拜柳絮的延续

照样拍照，或者行走
落下一些雨点，是对稻茬的歌颂

我低头、扭头，都是对生活的凝视
许多风卷云涌，正是歉收在安慰自己

野性依然喷发
收敛过的波光乘着诗的御驾

四月风涌

开一丝窗，风涌了进来
现在是四月，它进来歌唱

把湖当庭院吧，不囿于经典
在这之前，溪水已经汲去了生平

迎接一场雨，清洗一下龙井
不会慢半拍，柳絮把羽毛交还给灵魂

四月风涌，波浪的步履已在风令中调好
黄昏时光了，湖和我越来越不想夜宿

山 沟 沟

我想成为这个山沟的奴隶

以自己辛苦的劳作

赞美那个汲水的姿势

把野花当微信群发

肩驮着石磨

就不是世人常见的折磨

自从这个地方让我知足

赎罪就已经开始

越往山沟里走

越觉肉体上有狂欢

纵然是一把把汗

也可以结成一个个蜜梨

游长棣茶园

去年采过，今年还是长在山坡上
一触摸，好心情跳出心尖
两畦之间，是一条通道，用来舞蹈
展望一下呢，前景还很美好

春天来采，秋日裁剪
关于我俩制成的海洋蓝，靠一茶杯已很难讲开
点滴
这世上的事情都是负罪，如我的影子投身于你
是一种浪费
摘你的瞬间充满温暖
手一放开就是自卑
让我相信与上次相距真是一年
与上个影子相追也快一生

弄　堂

门牌号总是沉寂

就像阳台

总是以自己的名义狂欢

这条临街的弄堂

风很容易找到古诗

寂寂之声，让我

昨天经过了

今天还打这儿再经过

许多故事绘在墙上

是告诉我

这里的一切都是真的

如同石板缝开出的花

太阳每天不同

露齿一笑，也都是新的

恬静的恬静，抖动的抖动

从没有被遗忘

一个重生的喉管

作为拐弯，河畔的通宝城

已是弄堂的一部分

这是不是它

作为一个悟道者在遐想

墙体，一丝不易察觉的裂变

正成为一个卖点

整个弄堂，宿店连连

它能接纳黑暗，也可属于狂欢

古堰画乡

我知道，此刻

我在江岸上凝望到的

是一种境界

晚霞拂面，碧水入画

框我在樟树底下

风把夜吹得很薄

可以摸得到胴体与心跳

以它为纸，任意挥毫

对岸几盏灯光

是说今晚，山河无恙

雾　中

许多伴我们一生的鸣叫
其实都有名字，只是我们看不见
它们发出故人的声音
传播着天地的圣教

就像现在我们看不到面孔
只听其声，一头雾水
我们像先人一样生活
而又认为这是新的一天

新上国呦鸣

每次走过祖父的菜地

我总要一次次回头

好像亲人之间有别离

我弯腰摘上几枝

更看见土地里有深意

那块地祖父不种了

可能是老天在帮他种着

我年年吃用不愁

是他用竹篱笆围着

    ——摘自《菜地》

我用方言与麦子对话

看一块麦田的神情
祖父，我，没有两样
包括我们站的地方

我喜欢用方言与麦子对话
目的是麦穗与我对话时
像一首成熟的诗篇

那样的话
它掀起的麦浪中
我至少还能追上
祖父期望的饱满

香 句

水果的灵魂附体
掉落在哪里都会很乐观
每一个都是芬芳之王
香句的主语

我弯腰捡起一个
不是因为饥肠辘辘
而是协调记忆
一个治愈好的窗口
先祖已翩翩飞回人世

甜美之处，必有聚散
新的村名剔除了无名的恐惧
美学回到了旷野
忍住了的光芒
在晒场，言之有物

藏起了诗歌

祖父藏稻谷的地方

我藏起了诗歌，一首又一首

谢绝了白云的发表

我相信诗句也会发酵

一条小溪，一缕阳光，这些我的好

如果有一天

故居老去，只剩下残垣断壁

这些诗句碎成米粒

又会星星入海

或是萤石闪闪，把山谷照亮

捡不回的爱

祖母捡扫不回来的稻谷
往往是最饱满的
以后的日子
我养成了找寻的习惯
也学会了低头走路
一垄一垄稻茬
让我的初心不再被打乱

纵然，我的眺望
常常也烂在污泥田里
也是连同祖母的小脚印
生长于此，腐烂于此
这捡不回来的爱啊
好像一幅淋过雨的地图
有许多锄头、犁、脊背
代作地名符

麦　苗

我靠一块麦苗的颜色

构成了人生的完整

这风景之王把拔节的优雅、壮美

灌输到我的身体

我可以像土地一样受益着睡去

冷杉，菩提树，枫叶

较好地解决了季节的消失

麦芒刺绣光芒，以温情的感恩

让我相信麦田不会是静僻之城

我每日君临

赦免自己隐而未现的过错

野蕉芋花

外婆家的野蕉芋花
摘一朵，花蕊就有甜蜜一滴
我以大半生的实践证明
这是一句最美的证婚词

没花的时候
我试着摇动它的枝干
像摸到自己的骨头
这凝固的力量
总有自己起飞的姿势

我拥有的嘴唇、舌头、傲骨中
就此拥有共同的血彩
在人生乏味的日子里
启示最美
根据它的这点趣性
我把日子过得毫无敌意

观 三 伏

阴暗处，反观三伏
光芒像用千万只手狠挑着我
脸上的黑豆

这会不会是另一种种植
碎浪，不禁雀跃全身
一段艰难的时光
就此被我收藏

这些一闪而过的念头
正是无数窑洞的洞口
我们如此欢呼
是里面有一个惊奇的工艺
在这灵魂深处
与毒性做最大背离

秋　荣

秋天之荣，覆及庭院
也覆及那口倒扣的水缸底
它很像晌午的晒场
桂花铺满

酒足饭饱
我一边随性微醺
一边还是喜欢让阳光文火慢炖
飘忽中进入颁奖

桂雨不止
一只蚂蚁游走不止
它四肢写诗，晖芒四溢
灵感来自星星的瞑默

母亲，说我也老了

像小时候牵拉我的手，母亲
扯起了我的一撮白发
是叫我不要跟着岁月跑远吗

她给我带的霉干菜，几十年了
拌香了我的生活

她像炊烟还是执意爬上房顶
村庄和群山，已让她臣服
还有墙上那张有年份的贴画

她就是一只伏着的猫
靠门口路过的声音唠叨
庭院里的菜地是眼前的辽阔

笑是唯一没被收缴的武器
我宁愿再一次任她的目光抽打
哆嗦响起的步音听起来更像佛珠

睡 姿

一个睡姿

一根肋骨

山道上

岩石在疼痛

敞户而睡

告别了空调与热

山风从寺庙而出

把我当纱巾吹拂

有点佛的样子

变得不容置疑

只是，如此久睡不醒

我不知悲喜

老　窗

矮旧的老窗
清不空的内存

寒夜里的光芒
来自香樟

为抵御裂缝和阴影
它是夸父，干渴在路上

它的整体的胜利
是让我们充满理想

蚊 蝇

给蚊子正名
只需孤寂的木纹
它们喜欢陪我踱步
妙语，蜂蝶自愧不如

而我，一次次打击
还要加上夺命的咒语
不知，那啪的一声
正好报应在自己的脸面
用来嘲笑毁容

这些无名姓的亲啊
传播着惨叫的声音
顽固地醒着，背负恶名
就为咬出一口
胭脂的源流

山中的小道

秋高气爽
想到了上山
虬枝旌旗，顿觉
已被拥为山中之王
如被迎迓，被吹拂
一定不像远走他乡

我是从一条属于田野的
小路上拐出日常

玩兴有多久
迎来的一切就有多深邃
有时停顿
是心里涌动了什么
有时眺望
是抓住了风的手
感叹草木一秋

这条充满了暮色的小道

祖父消失过

父亲也曾经踪影不见

在黄黄的松针道上

我辨认得出

哪些是他们的脚印

哪些是时光

漏下来陪我的暖霞

番　薯

家乡的楼板上
又倒挂着
一坨坨番薯
这是家乡的人
在"反求诸己"

越接近纯粹
越甜蜜
多好的理由啊

我向上做一个起跳的摘姿
感觉与至高境界
总有那么一段距离

生　地

我常常借高铁之力

推开城市的忙碌，回到这里

不是来吃喜酒

就是来陪同啼哭

其他，好像就别无内容

眺　望

故乡和我之间
隔着一个眺望
与面对面的凝视相比
我更喜欢站在远方

这样才能弥补山村的局促
也如盛开的杏花
把开采已尽的山沟重新填满

更可以山巅为广场
组建一个盛大舞场
如滚滚的麦浪

你的微笑就是时光

家，像洞穴
以前是，但现在也是
窗口那微弱的光芒
来自《理想国》

但我在否定囚徒
院里的玫瑰花
包括你的年纪，是微笑的

姑　姑

每次与姑姑见面
她都叫我回家乡看看
我支吾着与她说诗
她眼睛流出了一串眼泪
姑姑是坐车来的
她的眼泪也装着轮子

我想把眼泪装进合集
以后可以相随
但一个个窗口
却产生了我阅读的困惑
我多少次怀抱这些乱石
都美好得难以放下

伯母避暑去了

伯母不是一个与季节很有冲突的人
暑期来了，她伙同一班老太避暑去了
她只是在一个普通的山村找了一条溪
却也进入了明澈与通透
八十四岁了，她还会在溪流里抓虾
像抓住了话题里外孙常坐的那架飞机
她说自己是个俗人
她把场面安排得很壮观，累了
许多她摘的草莓、野花，陪着她
她要与它们谈谈心得
心里的秘密已经越来越少了
不时洗一个野果奖励自己
就此完成季节里最美好的祝词
今年与去年有所不同
她会爬上一个山坡，与落日再决斗一次
这不得不为的事，也是这次避暑的意义
年轻时的恋爱为什么总被想起
也是因为自己仅仅谈过一次

今年的避暑，不会让她空手而归

她已在这个陌生的乡野挖了一口井

回城可以自己照照，自己品品

原　委

母亲住进了医院
一次次提及
这个医院以前如何抢救了我
她的身体并无大碍
只是总眯着眼睛看窗外的溪水

我沿着她脸上的皱纹走了一段
看见了水里有许多裂缝
这是母亲要提醒我的吗
流量大增
画水溪已成明星
我却与一条石斑鱼说生命与共
与一块石头共话天降异物
更要把几滴波浪放归森林
——那里有母亲的心爱
在一些简单的树叶和鸟鸣中
我静下来
这好像是母亲无病住院的原委

铁路家庭

我最喜欢的颜色是绿色
如绿皮火车上写满了遥远的故乡
经过的事和爱过的人
可以蜿蜒至三四十节

动车时代
总以为绿色已经淘汰
父亲也不会从远方归来
这真正的风驰电掣
照样把心潮掠起
哦，原来那绿色
已在千山万水中存着

这是父亲的胜利
一切似乎转瞬而过
但心头野马
还是跑胜了内心的戚戚
他的火车站

现在由我的兄弟守着

我每次挥手而过

已无须忧伤

一句诗长长地记叙之后

他已另起最抒情的一行

老宅破了

兄弟来电说
老宅的栋梁腐烂了
我是如此爱它
恨不得扛起一段铁轨往家跑

家乡满山大树
但属于我的那一棵我早已砍了
难道这是一种罪过
故需要我去赎罪

我把所经历过的都重新爱了一遍
看看那些事物深藏着灾难
往事充满哭喊
唯家门青石板，一声不吭

原来只要是吉人，自有天相
蛀虫嗡嗡，多像小时候的风铃
这是不是那个摇铃的人
向我传递还在爱我的密语

篝　火

外地来的挖掘机
挖走了我对山的赞美

我躺过的草地
有了内伤

再落不下金黄的松针
拿什么烧暖心房

冬　至

每年，花上十来分钟的时间

总要重新默读必须经过的几座碑铭

他们在世的亲人与我相遇

到了今天，不知不觉成了亲人

碑文一成不变

我们却已被对方看出了生活的破绽

风拉扯了衣角

抚摸它时还有夏日的冰悸

今天没雪

只有芝麻糯香

是为了证明亲人一句话

冬至雨，春节晴，快乐无边

白洋淀印象

我向着你的这刻

是徜徉在三叶草上的露珠

我没有铁锈的眼珠儿也是

只要一点头

整个儿都坠入爱河

　　　——摘自《高雄爱河》

白洋淀印象

白洋淀上的芦苇

已经重建了秩序

我心气甚高时来看看

望不到平庸之恶

仰天躺上一会儿

就像躺在天堂

看大雁翅膀水中的点拨

我在芦苇荡中云开见日

宋六陵御茶村游记

茶叶厚了

土地浅了

满眼绿色

我是活的

冬天让我成为柴火

夏天经过与幸福的修剪

我有一种置身事外的热

也有参与其中的凉

除 了 雨

今天的金华
除了雨，我看见的还是雨

往前走，往后退
都像是沉浸在八咏楼下
押古悲凉之韵

手机响起，一朵微信撑着花伞救我
雨摇曳生姿
一江流水滔滔不绝

短促的雨中
溪水以从不停息
安慰我此刻的失语

我常常来到金华

我常常来到金华
吃国贸的早餐
认识的人越来越老了
味道却如年少时一样

这是亲人欢迎我回家
许多路也早已等在脚下
它们在起始处的问好
附和今天的阳光普照

我想在婺江的波浪上面种棵树
是树下躺会儿就想创世纪的那种
这最可以解释我的奔波劳累
总归是游步道上的加持

认识了大半生的金华未必最美
有方向感的归家让我成为向日葵
季节里来来去去
我掰开一粒就可以把不开心根治

我在大田甚好

野田中放了一对桌椅
我把自己种在其中
茂密里感受到了亲密
我要摆脱的不是拥挤

柱是茎，门做叶
我就此打开了心扉
我喜欢畦圳之间的追寻
才让汗珠从山顶奔下

我的包裹安放在一水间
我的目光却不停地逡巡
我自享了一个下午的恩封
俯瞰蛙鸣，仰慕蓝天，稻花加冕

我在大田甚好
夜色为我生长马草
农家亮起时尚的百花
为我煮了一壶花茶

宋 六 陵

水珠不是从眼眶突出
就不是逃亡
正像我看见堤坝内外茶色一片
就不会内忧外患

山包之所以平易近人
是隘口没有设哨
每张茶叶的锋刃
也是游客留影照的镶边

那些个逃亡的皇帝种进土后
茶叶焕然增色
用它来解说时间和人
也就是一刹那的风吹拂

轮　渡

每回坐上渡船

都感觉人生在漂浮

一股力量推动我

冲过蓝天和水面的夹层

我脸贴着玻璃窗

人生的三合板就此构成

无论是我想，像船，努力高出湖面

还是仰望天空，想着形影不离

看着一个个日子离去

我成了矛盾体

成了喜欢思来想去的人

我不明白

整个湖面碧波荡漾

我们为什么还是充满怨言

是不是，我们总归不能如玉

在天地苍茫中留住

每一次离开码头

都如集装箱放进了货柜

云　彩

点评灯光

多少有点面对恋人的激动

这些甜言蜜语

平白无故是说不出来的

    ——摘自《窗口》

云 彩

喜马拉雅山的云彩
落在庭院
这是多么值得热爱
我捧稻谷的手捧起一把
是桂花，它的爱洒下

如此通灵
每株桂树都像一个摇篮
我想当天使，轻轻地摇晃
又怕还会洒下些
呐喊着的暴雨

让我待在树下吧
以前等待的惩罚可作童话
桂雨哗哗不止
留下吻印万千
细解了，多少咒语

从今往后，虫鸣有形

云彩宜居，万物芬芳

我树下一站

肉身无限乐观

像一个阳光梯子

星　星

有家民宿，在卖星星

有些是我的凝望

有些是飞机在飞

还有一些是上山的汽车

交会出的萤火虫，奔着星星而来

我看了一阵子，心花还是难以怒放

参观海淀科技节

戴起"天眼"，智慧真的来临
额头的脉冲感引起的电闪
来自我的凝视
也来自一个人的微笑

家的抒写
几十年了，模样都很纠结
此刻却是千里辽阔的荡漾
如同樱花的粉，栀子的白
集合了世间最静的颜色

一年有这么一天就够了
一天有这么一刻就铭心
这高科技的量光
正把亲人的慰藉
释放成一朵秋菊

山　月

城里的月亮

山月的后裔

以植物的灵魂在思忖

乡情

古　街

让诗歌发出镣铐之声

让美食举手反抗

在革命故事里徜徉

炉火越来越具英雄之气

我伏在窗口

模仿囚徒向往自由

获取的是一个

什么都可以打包的二维码

地　图

打开一张地图
想起安排后世

我会葬于其中
是在一个指环里

湖泊的空无
地名的琐碎

那么多的恩怨没有撑破
今生值得我好好宽恕

陶 瓷 瓶

彩釉多么美好
但必须保持沉默
不要开口说话
这样的光面
说了也无可依附

春　雨

爱的是春雨吗

又爱着春雨什么

听到空调滴水

确定这个世界有伪声

以春天的方式融入春天

赤脚领悟可以成仙

这儿时的真面目

有几分寒彻，却是绽放的知音

凭这一种精神

我们在热烈里汗流满面

手尖只取一滴

足可挥毫大千

枯　荷

湖里的枯荷

正让湖水无声无息地变深

收紧了的芳华

让任何吟唱都可以波光粼粼

——摘自《枯荷》

早 点

披衣起床
轻轻点亮我的胸膛
饭粥面汤
一年四季只此几样

日子越过越想模仿
色旺味乏，才知
享用不尽的是简单
动作轻轻，总有声响

中 秋 月

一次见面
我们就成了亲人

只记得孤独
却还不会感谢孤独

以后的日子
都由那晚所荡出

柳 丝

杨柳岸，丝帷里
一路景点让我无法歇脚
这让我相信
燕子的穿梭与我有关

西湖外，西湖里
它们都是一样的蓝色
想哼几句古诗
却引不起内忧外患的联想

双 皮 奶

千里追寻，时日佳好
冷一层，深一层，心如止水
我赞成这一种交错
如同对奢侈品的赞美

变自己为无处藏身的可爱
假装有个人挽我
于牙齿已经断裂的城根

小 女 人

早上起来，绕湖一圈
整个湖面，都可用来宽宥

把西湖打成一个包裹
今天去做别人的爱妻

父 亲

父亲睁着眼睛看着我
他并没有垂下手拉我

我打开大门，才知晨雨
鸟鸣一样在外面响起

月　光

这来自汉唐的光芒

今夜抚摸着我身体的寂静

它秋凉的欢喜

多像身前身后的亲人

我们云团一样

共同捧着一个新生婴儿

月亮的光其实已经淬过火

它夜雾弥漫

已看尽了日落的江河

一个人不安地走动

是想以新梦唤起潮汐

夜风寂寂，诗意却狂吠不止

点 菜

石斑鱼、螺蛳、虾米
它们都是上溯一族
我这样点菜
是希望自己能溯回山顶
在沙石澄清的河流中
逃离咸

过 道 上

手术室外的过道上
我脚尖顶着脚跟，在踱步
如果这场手术可免除
我愿意做一回放风的囚徒

一个盆景陪着我
爆放出秋菊的烟花
室内传来护士的欢欣
看不见地砖里我无言的尴尬

我将待在车厢里一整天
全部希望是拨快钟摆
我的内心想飞奔
但一分钟只能迈出一步

真希望过道上此刻有地震
把我落到苦难的深渊
这时候轮到她来担心我
而不是我在担心她

车过车祸现场

上班路上，几辆车碰在了一起
我们懂得同情地绕过
并没有愤怒的样子，包括那几辆车
这令我想起亲吻和簇拥
或许，这也叫爱的痛
我在此刻完全醒来
并感觉很久没有这样的体会了
我甚至希望，车流慢慢转过
像绕过一个花香鸟语的花坛
这些城市的小机灵鬼啊
昨晚还在奔波中闪烁星光
它们飞来飞去，才成了
今早前进中的一个问题
每天以如此方式出现
有时候，还会有突然的告别
但就是不肯错过什么
仿佛是在听一种歌唱

互常之常

今天的灵隐

雪压没了荆草

檐头白烛倒挂

另一种哺育或燃烧

头顶有雪块滑落

内心演出悲欢交集

　　——摘自《灵隐美得刚好》

桫罗双树

移植之美，来自千里之外
我遇到时，早已问明了方向
找到了坚守的理由

我给一群人介绍，雨水和落叶
它已烛台倒悬
伸出的叶，可乞风，可超越

近前嗅一嗅，合是漾着莲心的香
可当作故事
说花开春暖

久住山脚

我与山的关系
是为了共吸一口气
这无伤害的茶香
其实藏得并不深
品起来，是嘘寒问暖

我不会腐朽成一段椴木
让肋排散乱在伐木场
漫谈有今生的人世
如山上的野果，说着人生无惧

也像今天，我读着巴尔扎克
道是平常，也就不平常
树枝踮着脚看窗内的时候
我总想起索菲娅的探望

二 连 场

天赐人瑞

可看如何白头到老

揭开杉树婚纱

是鸟的一句句誓言

纵然风中有虚无的感慨

腰姿无中已有

美好具体成琐碎

手抓的瞬间正是积聚成塔

感慨一个个骚扰电话

权当风中的好斗

我由此激情冲动

从根上抖成了一只有神识的小兽

山中几日

山居几日，冷雨敲窗

没有光芒万丈

熟悉的耳语，足以取暖

窗外的土壤上

沙粒点起酥油灯

一次次凭窗，玉米秆的叶子啊

经幡一般

一阵阵山风中

我们变得尊贵而自然

梅 雨 里

这世界表面富足
果汁海洋一样翻腾
直至一段桥丧生
才知过程是彼此折断

至此，我说的是鱼
其实它也有痛感

活 着

一件红衣服
晃动在乱石丛中
如一团血，不愿散开

一个黑影
以云海做背景
如一段檀木，想种回故土

这些无缘的事
与我一起飘浮不定
薄薄的晨曦中，深情地活着

玉 米 地

一块秋后的玉米地
像是一群怀过孕的妇女
它的叶子
风让它更像经幡

我与它的作答
很容易让田野安静下来
一些蚁蝇在寒潮中死去
它却在酝酿揭竿而起

松　针

半山腰的横路上
脚踩着松针充满快感

舒适的程度
如同此刻的望乡

蛙 鼓

溪流治不好我的口吃
舌头早已被蛙鼓带坏

我向玉石请教
这个赤脚医生，是个哑巴

荒　坡

没有人会说
这个供人散步的荒坡，可以做一个医院
建设平面图一张榜
左看右看，真像彩超图像

我开始感觉迷茫
层层包裹，工地成了一个不愿公开的秘密
直至夜晚传来一阵追赶一阵的挖掘声
才感到这世界上让人揪心又怜悯的咳嗽
这里也有

日子重新开始歌唱
是在几只灌浆机给大地输液的时候
我是从它们长颈鹿的造型判定
以后这里会充满有希望的生命
我也是循着它们下探的气势
断定它们已有坚定的思想

以后的日子，一层一层升高

我的心情也一天一天转好

它让我看清，这个世界

仅仅靠竹木支撑已远远不够

正像一扇扇窗户

已能真正把对面山峦的美好欣赏

五年了

这个从疑惑、恐惧中长出的眺望

已自带光芒

它较好地避免了涂料带来的耐药的遗憾

连地图标识都做了全新的命名

荒坡改成了康复医院

三 叶 兰

满地花草，独爱三叶兰
那颗大过泪珠的水滴，它正可含住
想象一下，柔情就这样顺滑
多像有形的琴声

我刚刚从野地归来，驮回几斤
有光芒的兰肥，我点起了烟
为它熏香，顷刻之间
大地露出了微微的一笑

破　壁

我陪一些盆景

晒着太阳

它们有意与围墙一起

把我装进糖罐

据说最好的天空

就是一贫如洗

我手捧一本《诗经》

只读懂破壁这一行

大道其光

我有了弹钢琴的冲动

我像是一个音符在跳跃

嚼一片叶子，如跳进古井

深吸一口，灵魂直饮

　——摘自《夏游桐坞茶园》

人 世 间

置身湖畔，看身前身后的人
我没有半点恐惧，相信优美的传说
讲的也是这个人世间

从听人的步音开始吧
如树叶沙沙或软软低语
先想起故乡，再想起母亲
走一走是抒情，停一停是遐思
这样走上一圈，心想圣人降临

溪　弯

从不说自己有多正直
与村庄的相遇就是一个弯

如丝瓜弯在树上
是让虬枝倾听自己的乳名

乡 校

雪在高处
告慰人间几多美好

我抓起一把
想治愈最疼的寒风
才知它与大地已连为一体

蜜　梨

我的喜悦与悲伤，都是因为
故乡到处都种着蜜梨，这些大地的恩典
总是为我提心吊胆

我的喜欢与摒弃，也是因为蜜梨
灵魂总在风雨中摇晃，而每天
又必须给自己一个开心的理由

害怕腐烂，我一次次把它描绘成
故乡耳朵上的佩玉，新生，老去
它好像没有性别，只迷恋秋风的心跳

否则我会好好地吻它，一千次
都会有初始的热烈
不会像今日，滋补还需攀上燕窝

我可以找出千万个理由
原谅山村的无情，跳着去摘
也是为了快乐一次次触碰到心

旧　的

题记：自从《圣经》上说"日光之下，并无新意"，这世界就不再缺寻旧之诗人。聊写几句，以和家乡诗人寒蝉九月。

雨急促地打在伞面，声音却是旧的
都是从天空落下
以前的那些雪花，似乎更旧
这么说，太阳也是旧的
它往下垂的温暖
旧得故人一样灼心
天天都想更新
包括让诗吟学蝉鸣
但何曾敌过黄绢的旧意
庙门豆荚地黄熟
有比孕妇还旧的丰满
一些念经的人，好像是新人
仔细听听，也是旧书可翻

中国的钥匙

早年，有人说"中国的钥匙丢了"
我摸摸脖子上的那个，哦，这多重要
我天天记着，并系上了一根鞭子
我的父亲，就是一边读着诗
一边变成回不了家的人

我就此把钥匙的预言
当作一件检验成功的事情
为什么在门的面前
我们是王，却也是贱民

2019，我却突然发现
中国的钥匙已经自然生成
它是借了月球暗坑的弧线
钻进了地球八千米深的地狱
把每一个光点都分解出了无数言语
触摸人的灵魂让交往有了新的本质
自此以后，每个门
都以光芒涌入

知 音

家里的水管堵了
师傅说，就塞在拐弯处
我想用家乡的溪水来清淤
它越拐越积不住沙粒

我们互为知音
都有一个奋勇向前的原动力
这也是树和竹子的梦啊
在它们的夹缝中，我是一阵风雨

窗外有知音
是山以一代枭雄形象呈现
不藏千疮百孔的灵魂
许多流动向前
都不是我们所能看见的

我或许已经死亡

有些人，有些地方

我这辈子不会再见了

对他们来说

我或许已经死亡

有些人，有些地方

我即便再活一辈子，也不会见面

对我来说

他们仅仅是一个黑暗

朗　诵

祖父在铲除庄稼地的杂草时
他说，他听到了
二十里外我在学校里的读书声
我一阵激动，断定
传递佳音的风
不会就此停留
它已拥有让我紧张的张力

我的朗诵不仅是朗读本身
已经系着家乡的一草一木
懂得天天向星辰致敬

后来，我渐渐感到
我已无须雄才大略
也能够在这个城市生活下去
我本身已是祖父的一个变体

路长在根上

相拥在一起
一副团结向上的样子
就此懂得相互珍惜
确定自己不是路过这里

香港啊，每次看见你
我就想歌唱
早晨，我睡眼惺忪
开一声长调
像是海鸥在云端的透亮
中午发了一阵咳嗽
又像是金光把一段隧道穿透
我钻进波浪
就此钻进了一座城的赤子情怀
这足以抵抗一整天的
拥堵，烦闷

谁叫我们

都有一颗歌唱的心呢

晚上的道路

如钢筋出炉时的飞舞

正在说

每条路都生在根上

萧萧落木与不绝江河

夜中醒来

夜中醒来

睡姿想到了告别仪式

亮光覆盖着肚皮

不是旗帜，像本诗集

整个过程

我都没有翻一下身

生怕弄乱了满天繁星

我好喜欢的祭文

伞

一个强烈的愿望
在雨中不停地转动顾盼
如同层层茧丝包裹
让我接近华美

这多像倒纺的纱锤
把月光纺进人生
一个个瞬间伸出香手
却是恍若钻探
人头攒动处，头顶掌着灯

世界还是萧萧落木和不绝长河
我由我自己放浪地旋转
夫复何求中
全身长出了四月的麦芒

江　边

河流拐弯，长剑映霞
适合我们一起共度时光
我相信身影可以逆转
更相信整个下午没钓起一片鱼鳞
依旧能炫耀自己

故乡的水连到这个城市
我每天随波逐流
身世被涟漪反复提及
这江每天总会送我一件我喜欢的衣裳
我穿着它走向街巷
如一条发光的鱼，有方向

过 关

一次次过关闸
就是为了亮明自己的身份
有时是白天，有时是黑夜
反正与皮肤的颜色无关

我就此感觉到一些侥幸
是关乎语言

难道我们只是不同的植物
都是有炊烟的根须，沙粒的籽
我一次次过关
是在把地球上的各个城堡
以一首诗的形式分行

桃　子

桃子应该拥有亲吻
是轻触皮肤就能晕红的那种
别看我挑来拣去
是在与桃子交谈，如何一块儿逃离

我拣起的那个却裂开了心
但一定不是颓废、荒唐、末日的呈现
卖桃人说，我是懂桃的
至少我是在一些日子里心碎过

桃子懂得什么叫难以分离
不能拥有它的全部，却拥有最甜的一口

米 粥

路边店里的米粥
很像外婆熬在昨晚的一碗
她在山那边一定生活很好
她赞美我喝粥像歌唱

我刚刚从拥挤的公交车上下来
当时一个运河边的老人刚刚健过身
这个世界总会有一些流淌
只要一深想就会让黑暗变奶白

我不是浮在水深火热之中啊
有过一刻，也是生命在沸腾

喝 茶

对一首诗的想象

让我头顶惊现佛光

分解成香片

都来自各自种下的善根

每一片香片的凝成

包括了茶棚里的琴声

故事不是在远方

是眼前波浪之间的布阵

心尖发出的赞美

总是纯朴，圆润

绿 道 上

绿 道 上

春天来了，百花盛开
我心含江水。去年
开始喜欢上了这个公园
沿江走了一圈又一圈
我取到的暖，尤如真经

不再想花开
有花时想起最多的也是拯救
为了一张临渊影照
我像一个小丑。谁知
我们所有的表情
都需要江水原谅抚平

河 之 畔

从叶青路看运河
往西，像身披袈裟
往东，像耀眼的诗句
往波浪丛中看
它赞美着人间
也广泛地颂扬着自己

带着整个世界的美意
游轮上一群姑娘向我挥手
提着书包，一对爷爷奶奶
在绿道上被孙子追赶
为了活得轻盈些
我们无处深思孤独

一片嫩黄

非常醒目
一片嫩黄
已从寒雨中长出

这个山坳又有了光芒
我那用雨水喂养的乡愁
已无须超现实地祈求

茶乡清明

每年清明
茶园都会有一次自残
我捧出准备了一冬的祭品
以内心感知
余生很贵

我站在溪流中濯足
听发自于祖先坟茔溪流的音乐
看山村新的立意和架构
这样的舍己
哦，堪比深海

人间还真需要这样一个日子
穿过生死
由凉转暖时
仿佛得到了神赐

鸽　窝

走进故居看看
门如影集打开
祖父养的紫燕齐飞
我没有想着修复
相信青砖黑瓦映照池塘的鲜活
溪水鼓励，弃它而去
影子在院里长出玫瑰

窗口递进几枝枇杷
我夜晚常来，它以此抚慰
这里永远也不会空无
陶皿内含着真理

屋檐下的鸽窝
总有一个心脏在起搏

关　灯

我想关了灯
到旁边溜达一会儿
就像一个人
与这个世界告别一会儿
灯盏，开出六支香烛
是我自己给自己祭祀
它们让我笑了起来
穿透的声音光芒一样温馨

盗 笋 者

春天的竹园
总有一个个念头冒出
它也是一个多情者
心怀的喜悦，始之于根
让看的人直接有了反应

我实在不能说
那个挖笋的人是在制造毁灭
他掏出了什么
是我早年的恋情
赤裸，新嫩

倒 春 寒

如果不是稻草一样犯困
我想不到死亡的渐进
突然产生的清醒
让我头顶露出了许多崭新

死亡不接受迷茫的灵魂
这多少让我有些激动
关键时刻昂昂头是多么伟大
看无数人在倒春寒中活着

短　章

冰　凌

岩头挂起了冰凌
这就叫寒窗吧

这些干净的东西
山村总是自己先留着

蚕 豆 花

心会飞
能领悟无邪之美

多久不见了的人啊
多久，也只能共度一会儿

如此饱含深情
如一年一回的探亲

太 师 椅

神情不会有灰尘
骨架也从不松动

没人敢说自己已老
抚摸漆面，苦厄放在一边

死后还会说话的树
常有暖阳照在头顶

夏　天

怀念冬天

一次次不宁时跳入其中

不能埋在土里试验人生

可以赤裸着与阳光说

你捉不到我这条鱼

母亲的茶

母亲到地头采茶
总要勺碗山泉，为我泡上一杯

我没有仇人，也没有多少亲人
野草和落花，都是我的高朋

石　头

今天在湖畔
我向一个长者学习写诗

他多少次头顶冒汗
把它们当石头抛向湖面

接 合 部

从郊区到市里，无到有
避开了多少次的走投无路

从市里回郊区，有到无
屁股坐得有些疼，也有些麻木

高　空

云白和天蓝
和平得到重生

一趟一趟
飞机前来取经

石　板

离乡几十年
桥板回到石板

溪水声情并茂
没把我当路人

绒 花

翻腾自己，仿若逃离
随心飘荡，自恃的光芒可成动力

风的故事说说就透亮
不知不觉，诱我钻入它的羽绒里

南 瓜

山坡上卧着许多南瓜
压住的野性，有足够大的启示

藤蔓把身体的勇气继续
正是来自它坚实的睡意

套　路

一边看伯父犁田
一边注视他犁出的地沟

留下的印很深啊
这条生的小道

星光避开光芒的搜捕

地 铁 口

从地铁口出来
一阵冷风巨浪一样打来
我踉跄了一下
扑向亲人

红　糖

母亲，在电话那头说
今年的红糖又开始榨了
我闻到家乡黄土的甜香时
也看到首场雪下了起来

我相信，如果不是孤独
雪一定不会落下来
如果不是孤独
我也一定不会在异乡用糖粒写诗
像这世上的甜蜜，在家乡是红糖
在外乡，眺望久了
就自带了白色的光芒
它的这个进化的现象
是以母亲生育的名义保存下来的
是母亲知道人生有一种苦
只可在雪中释怀

花　香

雪地里，寒冷让我踮起了脚
我像以前喜欢的一个女孩那样
跳起了天鹅舞。那时候
很多人看她，现在我应该也是
我欣喜自己双手没有缩进衣袋
并能脱胎换骨地说
啊，我要跳舞，我在跳舞
风旋转起来，有了世间融化后的甜
一切都显出了新。一些热
也已在身体的车水马龙中
形成了新的激动。一枝蜡梅
像一辆出租车等待已久
我大喊一声，请载走一车滂沱花香

松 须

我不仅是一个人，好像还是松须的回音

我上山的时候，它的柔软总在我的胸膛

庙宇香火正旺，我禅去的灰尘

是我的诗行已烧掉的那部分

这些金黄的强心针，以一件件有趣的事情美给

我看

十全十美

时至七夕，花瓣已备受摧残
连花骨都揉碎成了银河的沙粒
你很美，美得闪闪发光
却也是融化了三伏的光芒

三伏与七夕总是挨得很近
或许就是你我晨昏恬静的面对

中原午夜

已经是午夜了

我还奔腾在中原腹地

一根羽毛的光

以锋利的方向指向黑暗

这个夜，可遇不可求

没有山的对望

却有无数自制的门在开启

光芒风一样涌出

把我的翅膀托起

方向盘转动着玉米地

我就此找到了关联感

披着饥饿的外衣

我保持着野兽的清醒

离乡一日

最不忘把异乡观赏

白天的山峦太重了

我恐被埋其中。夜色美好

已把我怀成灯光一样的孩子

容我轻成一个眼色

自爱地飞着探索一阵子

星光避开了光芒的搜捕

光芒来自那个朝东的窗口
经过几块田地状的楼板
和几阵睡熟中发出的鸽声
爱已甘愿被光焰灼伤

现在是看，灵魂复苏
什么都能征服的好时光
香樟做的木窗，悠悠地
鸣叫着血液幸福的抵抗

认识与不认识的尘埃
都激荡在晨光的亲吻中
一条祖传的暗道，此时
正让星辰避开光芒的搜捕

鸭川河畔

鸭川河畔

我在一家烧烤店里

烤着牛肉，无数油渍的花

从铁丝网罩上熬了出来

它们多像彼岸的灯光

包括清水寺的塔尖

白天开着良方，现在撑着篝火

若叶町土路

我走在树叶土上
许多仇恨已经减轻
教科书，收录了
旁边这条开膛破肚过的溪流

橘子从青到黄
角色已完成从残忍向慈悲的转换
每一种新叶都停得住鸟鸣
也都可以成为受赞美的特产

我剥开松树斑鳞
一样有家乡的痛感
路口拒绝了机动车的驶入
也一定不会再有霸的横行

我一个人走在其中
感受到了一片叶子的牺牲
以及许多叶子对它的祭祀

奈良有鹿

奈良有鹿

在公园等我

用嘴扯我的衣襟

让我想起有腥味的亲情

我摸大东寺的楼柱

竟摸到了自己的鬃毛

它让我相信

我的一次次低头喂养

都有自己与自己碰杯的感动

若 草 山

奈良都是鹿
这世界不缺喂养之心

我不会举目无亲
若草山披着家乡的袈裟

高 姥 山

热聚于盛夏，消散于山顶
每一枝花都绽放成金丝软甲
巨岩意味乳汁曾经膨胀
三五人坐在一起，话题被风掠起
今天，我们有宋人的饭局

岁月带走的许多
都经过了曾经的许可
发福的山峦与山涧水的深邃
都有了互相对望的充盈，已是太虚之境

这阳光并不邪门
容我一次次调整姿势自拍倩影
一旦站在山顶，云海平淡
世上哪还有深重的苦难

沙 之 礼

看见沙溪，想到了沐足
想到了该与它来一回身心俱湿
卵石滚满，早已舒畅得一塌糊涂
我曾有远大理想
现在也只需对一句诗负责

如此体会重洗自身
溪底就能找到游动的溪鱼
鞋中带回的一些沙子
却能教我写作时如何伏身

我在沙溪住了一晚

我在沙溪住了一晚

一夜的溪声，让我明白

我的静极之思就是它的月下琅琅

它是多么古老

手捧着盛唐之疏，奏曰

我今夜所见，是大智之见

恩准我明天回城

大街头，溪声歌唱